KB197685

스무 살의 시선

스무 살의 시선

이재성 시집

BM (주)도서출판 성안당

시인의 말

 안녕하세요. 시 쓰는 스무 살 이재성입니다. 아직까지는 스스로 작가나 시인이라는 호칭을 쓰기가 어색하기만 한데, 이렇게 첫 시집을 출간하게 되니 정말 기쁘고 떨립니다.
 저는 중학교 1학년 때부터 고등학교 3학년 여름까지 야구선수로 활동했고, 야구를 그만두고 시를 쓴 지는 1년이 조금 넘었습니다. 시를 쓰기 시작한 지 얼마 되지 않아 SNS에 시를 올리기 시작했고, 매일 한 편씩 꾸준히 시를 연재하다 보니 조금씩 독자가 생기기 시작했습니다. 제 시를 봐 주시는 분들이 생기니 어느새 저는 시를 사랑하고, 시 쓰는 사람이라는 정체성이 생기게 되었습니다.
 SNS 시대에 시인으로 살아간다는 것은 정말로 재미있는 일인 것 같습니다. 시인과 독자가, 시간과 장소의 제약 없이 세대를 뛰어넘어 시를 공유하고, 그 감상을 나눌 수 있다는 것이 얼마나 즐겁고 감사한 일인지 모릅니다.

저의 첫 시집『스무 살의 시선』은 제목처럼 스무 살인 제가 세상, 그리고 그 세상 속을 살아가고 있는 사람들을 바라보며 쓴 시들이 담겨 있습니다.

고3 이재성과 스무 살 이재성이 함께 쓴 시입니다. 자연과 사물, 그리고 사람을 보며 쓴 시 100편으로 구성되어 있습니다.

100편 중 60편은 SNS 독자분들을 대상으로 투표를 진행하여 함께 선정했습니다.

저는 시를 전문적으로 배워 본 적은 없습니다. 그렇기에 더욱 써지는 대로 솔직하고 투박하게 시를 쓸 수 있는 것 같습니다. 시를 쓸 때는 저를 첫 번째 독자로 생각하고, 우선 제가 공감할 수 있고 저를 위로해 줄 수 있는 시를 쓰려고 합니다.

저는 시의 매력을 많은 사람들에게 알리고 싶습니다. 많은 분들께서 쉽게 시를 읽고, 또 시를 통해 다양한 감정을 느끼실 수 있기를 소망합니다.

끝으로 부족한 글을 멋진 첫 시집으로 나올 수 있도록 애써 주신 성안당 출판사 이종춘 회장님과 최옥현 전무님께 감사의 말씀 올립니다.

추천사

_전경섭 시인

이재성 시인의 첫 번째 시집 『스무 살의 시선』은 섬세하고 깊은 감정을 담아낸 시집으로 작은 일상의 순간들과 내면의 성찰을 시적으로 표현하고 있다.

자연, 별, 바람 등과의 교감을 통해 인간의 삶을 이야기하며 그 안에 담긴 뭉클한 메시지가 독자들에게 울림을 준다.

또한, 스무 살 시인의 시선에서 바라본 세상은 단순한 묘사가 아닌 감정과 사색이 어우러져 서정적인 세계를 그려내고 있으며, 시가 가진 미학적 가치와 사유의 깊이를 음미하며 읽는다면 마음속에서 잔잔한 위로와 공감을 얻을 수 있을 것이라 확신한다.

_송해성 시인

이재성 시인은 순간순간을 품을 줄 알며 이를 삶에서 따스한 시로 노래하는 청년이다.

그와 나누었던 대화, 그리고 그의 시를 떠올려 볼 때, 그는 천천히 오래오래 자라는 나무처럼 꾸준함으로 성장하는 사람이다.

맑고 순수한 감성을 지닌 이재성 시인이 첫 시집 출간을 계기로, 앞으로 그의 시 「바위」처럼 쉽게 흔들리지도 않고, 쉽게 상처받지도 않는, 많은 사람들에게 사랑받는 자랑스러운 대한민국의 청년이 되기를 소망한다.

_이재천 목사

　이재성 시인의 시는 우리로 하여금 풋풋한 영혼의 맛을 느끼게 한다. 그의 시는 얼마 전 싹이 나, 여리고 나긋한 풀잎처럼 다가오는 언어 그림과 같다.

　언어적 기교와 시적 운율의 세련된 맛에 물든 현대인들에게 맑고 투명한 영혼의 실체를 맛보게 한다. 그의 시는 우리 내면에 잠자고 있었던 원초적 감성을 깨우고, 신비한 영감이 스며들어 오는 독특함을 느끼게 한다.

　내게도 세월의 풍상 속에 묻혀있던 마음의 풋풋함이 다시 살아나는 싱그러움을 누리게 해 주었다.

　이재성 군은 중고등학교 시절 6년간을 야구선수로 활동한 특별한 경험을 갖고 있습니다. 선수 시절 가장 힘들고 고통스러운 시기를 통과하면서 내면의 자아를 깊이 성찰하게 되었고, 야구선수로 뛰는 동안에도 꾸준히 책을 탐독하고 다이어리를 쓰는 등 자기만의 루틴을 형성하면서, 좋은 습관을 하나둘씩 자기 것으로 만들어 가기 시작했습니다.

　야구를 그만둔 이후 본격적으로 글쓰기에 맛을 들이게 되었는데, 운동선수로 생활할 때의 경험을 통해 얻은 통찰을 비롯하여 일상 중의 사색에서, 가족과 함께하는 시간 속에서, 사람들과의 대화 속에서, 또 계절의 순환과 경이로 가득한 자연을 바라보면서 떠오르는 생각들을 시로 담아 내기 시작했습니다.

갓 고등학교를 졸업한 청춘의 풋사과 같은 파릇한 맛이 담긴 시어들, 그리고 마냥 가볍지만은 않고 때론 묵직한 사유가 담긴 글들을 마주하며 아빠로서 대견한 마음을 품게 되었습니다. 스무 살을 넘기기 전 자기가 쓴 글들을 시집으로 세상에 내놓고 싶다는 그의 소망이 좋은 출판사를 만나 현실이 되는 것을 보게 되어 매우 기쁩니다.

아무쪼록 이재성 시인의 첫 시집이 많은 청년들의 마음에 공감과 울림을 주고, 척박한 세상을 살아가는 모든 분들의 영혼을 만져 주는 다정하고 시원한 바람이 되어 주기를 소망합니다.

차례

1부 자연에게

2부 너에게, 그리고 나에게

1부
—
자연에게

첫눈

너무 외롭고 지쳐서
내 자신이 비참하게만 느껴지던
그때, 네가 찾아왔다

너는 차갑게 얼어붙어 있는
내게 살며시 다가와
사르르 녹아내리며 말해주었다

넌 정말 따뜻한 사람이라고...

그 말이 나를 울렸고,
그 눈물은 정말로 따뜻했다

마지막 눈

마지막이라는 예고도 없이
너는 어느 순간 떠나버렸다

마지막 인사도 하지 못하게
너는 말도 없이 떠나버렸다

첫눈만 기다리며
첫눈만 추억하는

우리들에게 소심한
복수를 하는 것처럼...

눈

부츠 안 양말이 다 젖도록
눈을 밟아대며 놀았던 내가

이젠 신발이 젖을까 봐
눈을 피해 걷는다

머리 위로 흰 눈이 날릴 때면
입을 벌려 눈을 먹어대던 내가

이젠 머리가 젖을까 봐
우산을 챙겨 나간다

나는 눈이 싫어지지 않았는데
우리 사이는 언제부터 멀어진 걸까...

눈사람

보기만 해도
지나가는 사람들
얼굴에 미소가
지어지게 하는

유쾌한 사람

모르는 사람에게
한 대 맞더라도
얼굴에 미소를
잃지 않을 수 있는

세상 착한 사람

겨울 하늘

눈 오는 겨울날
하얀 눈을 뒤집어쓴 새들이

화려한 날갯짓으로
겨울 하늘을 수놓는다

새들이 날아간 자리에는
하얀 눈 자국이

예쁜 구름이 되어
겨울 하늘을 수놓는다

겨울잠

만약 전 세계
모든 사람들이

일 년 중
단 한 달

단 한 달 동안만이라도
겨울잠을 잤더라면

동물들도...
지구도...
그리고 우리도...

지금보다는
더 행복하지 않았을까?

작은 눈

오늘도 나의 하루는
하얀 눈이 되어 내린다

그 시작은 작은 눈

비록 땅에 닿자마자 녹아버릴
오늘 하루지만

앞으로 그 위에 쌓여갈
수많은 내일들이 있기에

나는 오늘도

온 세상이 하얗게 뒤덮인
아침을 꿈꾸며 잠에 든다

민들레

바람아 바람아
내게 불어 다오

나는 시를 쓸 테니
너는 시를 날라 다오

시야 시야
멀리 날아가 다오

자유롭게 날다가
마음에 드는 사람 있으면

거기 머물러 다오

꽃

너무 예쁘면
뽑아가더라

적당히 예뻐도
꺾어가더라

근데 못생기면
지나가더라

그렇게 나는
오늘도 살아남았다... (훌쩍)

나무

잠깐 피었다 지는
꽃이 아니라

천천히 오래오래 자라는
나무처럼 살고 싶다

아무도 찾지 않는
죽은 꽃이 아니라

죽어도 찾아오는
고목이 되고 싶다

나무처럼 살다가
나무처럼 가고 싶다

자연인

무더운 여름날
뜨거운 햇볕에도

선크림을 바르지 않아
까매진 피부

로션을 바르지 않아
거친 피부

미용실도 가지 않아
지저분한 머리

그럼에도 옷 하나 걸치지 않아
시원해 보이시는

나무 선생님

고목

선 채로 생을 마감한
그의 앞에 섰을 때

나는 아무런 말도
할 수가 없었다

나는 그가 한평생을
지켰던 그 자리에

단 하루라도 묵묵히
서 있을 수 있을까...

산

세상에 자기 자식이
몇 명인지 모르는 엄마가 있을까?

아마도 없을 것이다

그렇다면 혹시
산은 알고 있을까?

자기 나무가 몇 그루인지...

만약 알고 있다면
산은 세상에서 가장 위대한 어머니가 아닐까?

흙

너무 멀리만
너무 높게만
보며 살았다

태양을 봐야만
별들을 봐야만
가슴이 뛰었다

너무나 가까웠던
내가 항상 밟고 있던
그러나 보지 못했던

흙을 한 줌 집어보려
허리를 숙여본다
가슴이 뭉클하다

숲

숲은 담아낸다
따가운 햇볕과
거센 비바람을...

숲은 담고 있다
무뚝뚝한 나무들과
귀여운 다람쥐를...

나도 숲처럼 담고 싶다
나는 숲을 닮고 싶다

비

우리는 우산을 쓰고
우비까지 입어가며

비를 피하기 바쁘지만
자연은 그렇지 않다

꽃들도 나무도 강도 바다도
결코 비를 피하지 않는다

비록 그 비가 나를
아프게 한다 할지라도

결국엔 그 비가
나의 색깔을

더욱 진하게
만들어줄 것을 알기에...

바람

바람이 되고 싶다

누군가에겐 따뜻한
봄바람이 되어주고 싶고,

누군가에겐 시원한
바닷바람이 되어주고 싶고,

누군가에게는 정신이 번쩍 드는
겨울바람이 되어주고 싶다

바람이 되어주는 것...
그것이 나의 유일한 바람이다...

비 오는 날

비 오는 날
우산을 쓰고 걷다가

구멍이 송송 뚫린
초록색 우산을 쓰고

비를 다 맞고 있는
나무와 눈이 마주쳤다

그리곤 속으로 생각했다
혹시 나무는 바보가 아닐까?

그러자 나무는 자신이 바보가 맞다는 듯
날 보며 씨익 웃어주었다

비는 아직 오고 있었지만
나도 모르게 우산을 접었다

장마

비가 오듯
네가 온다면

매일 매일
네가 오고

아주 많이
네가 와서

너를 매일 보고
너로 흠뻑 젖을 수 있다면

이 덥고 습한 여름까지도
사랑할 수 있을 것 같은데...

달무리

시커먼 먹구름들이
너를 가려

네 모습이
보이지 않았을 때조차도

여전히 빛을 내고 있던
너는,

너를 가리고 있던
그 먹구름들을

'너'라는 주인공의
조연으로 만들기 충분했다

구름

매일 똑같은 시간에
똑같은 모양으로 떠있는
구름은 보고 싶지 않아

자기가 어디로 가는지도 모른 채
바보처럼 떠다니는 구름이 좋아

날 한 번이라도 더 웃겨줄 수 있는
이상하게 생긴 구름이 좋아

푸른 하늘을 바다 삼아
마음껏 파도치는 네가 좋아

미술관

하늘은
세상에서 제일 큰 미술관

매일매일 새로운 작품이 전시되는
잘나가는 미술관

언제 어디서나 24시간 열려있는
연중무휴 미술관

남녀노소 누구나 공짜로 볼 수 있는
세상 착한 미술관

별

깜깜한 밤하늘 바라보다
빛나는 별 하나가
눈에 들어왔다

그 순간 보이지 않았던
주변의 수많은 별들까지
선명하게 보이기 시작했다

나 역시 나의 장점들 중
단 한 가지에 초점을 맞추자,

비로소 보이지 않던 수많은 장점들까지
빛을 발하는 것을 볼 수 있었다

작은 별

깜깜한 밤하늘
올려다봤을 때

커다란 별도 말고
수많은 별도 말고

그저 날 봐주는
작은 별 하나면

그걸로
충분해

별 그대

내가 매일 밤마다 보러 나가던
별 하나가 있었다

그 별과 나는 매일 같은 자리에서
서로를 바라보았다

그런데 어느 날부터인가
그 별이 보이지 않았다

그날 이후로도 나는 매일 밤, 별을 보러 나갔지만
그 별은 보이지 않았다

그러나 나는 마침내
다시는 볼 수 없을 줄 알았던 그 별을 다시 보게
되었다

내가 너무 보고 싶었던 나머지,
날 보러 지구까지 내려와 준 그대라는 별을...

거북목

시골의 밤하늘은
어찌 그리도 캄캄한지...

그 캄캄한 밤하늘에
별은 또 어찌 그리 많은 건지...

그 수많은 별들은
어찌 하나하나가
다 그토록 예쁜 건지...

저 예쁜 별들을
밤이 새도록 다 보고 싶은데
목이 굽어 오래 볼 수가 없네...

평생 손바닥 안의 불빛만 보며
살아왔다 보니 또 그거나 보면서
밤새우네...

여유

그대는 매일 밤
밤하늘의 별을 보러 나갈 만한
여유를 가지고 살아가고 있는가?

만일 그대에게
그만한 여유도 없다면
안타까운 소식이 하나 있다

별들은 매일 밤
밤하늘을 쳐다볼
여유도 없는 이들에게는

자신의 모습을
드러내지 않는다는 것

그것이 바로
별들이 도시를 떠나는 이유다...

시골의 밤하늘

하도 많은 사람들이
도시로 올라오니

남아있는 시골 사람들의
마음이라도 붙잡아보려

도시의 별들은 하는 수 없이
시골로 내려간다

그렇게 오늘도 시골의 밤하늘에는
별이 하나 늘었다

별 생각

나는 지금까지
얼마나 많은 별들을 빌려 시를 썼던가

그렇다면 내가
별들에게 해줄 수 있는 것은 무엇인가

더 짙은 어둠

짙은 어둠 속에 파묻혀야
더욱 환하게 피어날 수 있는 너에게

조금이라도 더 캄캄한 밤을 선물하고 싶다
오늘은 평소보다 일찍 방의 불을 꺼본다

별에도

별에도 첫눈이 닿을 수 있기를...

첫눈이 내려오다
별에 살짝 스쳐

눈을 조금 묻힐 수 있기를...

뜨겁게 폭발하는
별이 잠시 식어

밤하늘에 별들이 쌓일 수 있기를...

안개

쌀쌀한 새벽 날씨에
혹여나 네가 잠에서 깰까봐

새근새근 자는 너를
솜털로 감싸 안았다

그러다 아침이 찾아와
네가 잠에서 깨려 할 때

나는 부끄러워 도망갔다.

수평선

푸른 하늘 아래
푸른 바다가 펼쳐지고

하얀 구름 아래
하얀 갈매기가 떠다니고

노란 태양이 부서지면
노란 등불이 빛 비추는

이 한 편의 그림은
화가가 너무 크게 그린 나머지

수평선으로 나누어 놓았다

노을

오늘도 변함없이
환한 미소로 출근해 준 태양아

그러고 보니 너에게는
주말도 없구나

그럼에도 오늘 하루
제 할 일 다 마치고

녹초가 되어 흐느적 흐느적
퇴근하는 너의 뒷모습이

너무 안쓰러워서
아니 아름다워서

눈을 뗄 수가 없구나...

갯벌

내가 만약 모래였다면
나 홀로 반짝거려 봤자

나를 덮치는 바다에 휩쓸려
떠돌이가 되었겠지만

나는 진흙이기에
수많은 나와 함께 뭉쳐

나를 덮치는 바다를
품는다

밤바다

너무 어두워
도무지 그 속을 알 수가 없는

너무 깊어
들어갈 용기가 생기지 않는

그 일렁거림을
차마 다 예상할 수가 없는

차갑고 쌀쌀하게
나를 밀어내기만 하는

그저 멀리서
바라볼 수밖에 없는

내 마음속 밤바다...

윤슬

찰나의 반짝임에 속아
너에게 몸을 던졌다

영원히 찬란할 거라 꿈꾸며
너에게 빠져 허우적거리고 있을 땐

넌 이미 사라진 뒤였다...

초승달

누가 자꾸 하늘에다
손톱을 버린다

지난번에는 분명 아주 얇게
깎아서 버렸었는데

이번에 버린 손톱은 꽤나 두꺼운 걸 보니
아주 오랜만에 깎았나 보다

누군진 몰라도 앞으로는 좀 더 자주
손톱을 깎아줬으면 좋겠다

얇게 자른 손톱이 좀 더 내 취향이라...

초가을

아침저녁으로 시원한
자연의 숨결이
내 몸을 스친다

낮에는 따뜻한
자연의 입김이
내 몸을 녹인다

사랑할 수밖에 없는 계절이다
사랑할 수밖에 없는 자연이다

가을바람

계절은 변해도
바람은 변한 적 없다

뜨거운 너도
차가운 너도

따뜻한 너도
시원한 너도

모두 너인걸 알고,
모두 너여서 좋다

계절이 변해도 변하지 않는
너의 모든 모습이 아름답지만

너는 가을옷을 입었을 때가
가장 사랑스럽다

바람새

새들이 바람처럼
바람이 새들처럼
날아다니는 계절

바람인지 새인지는 알 수 없지만
산에 닿으면 푸른 새 되고
하늘에 닿으면 파란 새 되는,

네가 나에게 닿으면
무슨 색이 될지 궁금해지는
그런 계절이 돌아왔다 어느새

가을

얼마나 있었다고
벌써 떠나가려 하는
너를 붙잡아 보겠다고

평소엔 부르지도 않던 가을 노래도
널 위해 불러주고,

평소엔 하지도 않던 산책을 하자며
너를 불러내었는데

너를 만나러 가는 나의 옷차림은
이미 너를 떠나보내고 있었다...

늦가을의 너

공기가 차가워졌다고
너까지 차가워질 필요는 없는데

바람이 쌀쌀해졌다고
너까지 쌀쌀해질 필요는 없는데

이대로 겨울이 온다면
우리 사이는 더 이상

봄이 온다고 해도 녹지 않을 만큼
꽁꽁 얼어버릴 것만 같은데...

시의 계절

시를 쓴다
가을이라서

가을을 쓴다
시인이라서

가을을 탄다
솔로라서...

시인의 계절

시인은
가을을 좋아한다

봄 여름 겨울에는
시인이 시를 쓰지만

가을엔
가을이 직접 시를 써주기 때문이다

하지만 가을이 시를 써 줄
시인들이 줄어들수록

가을도 점점
짧아져 간다...

가을 안개

쌀쌀해진 새벽 공기가
안개로 짙어져 나를 찾아온다

안개 속 습기는
너의 눈물을 머금었고

안개 속 차가움은
너의 쌀쌀한 미소를 머금어서

나로 하여금
너를 떠올리게 한다

머지않아 겨울이 찾아오고
너는 찬바람으로 돌아가야 하겠지만

마중 나갈게
이것이 우리의 마지막 인사는 아니니까

가을새

긴 여행을 떠나기 전
잠시 내게 들른 철새

시원한 날갯짓으로 날아와
차가운 날갯짓으로 떠나는 새

연락 한 통 없이

오고 싶을 때 날아와서
가고 싶을 때 날아가는,

얄밉지만 너무 예뻐서
미워할 수 없는 가을새

해안가 바위

네가 아무리 날 때려도
난 아프지 않아

네가 아무리 날 덮쳐도
난 두렵지 않아

네가 날 아예
집어삼켜 버린다 해도

난 무섭지 않아
난 네가 좋으니까...

오늘의 날씨

오늘은 날씨가 정말 좋다

그게 뭐 대단한 일은 아닐 수도 있겠지만
그 아무것도 아닌 일에 난 행복해진다

너무 바쁜 일상을 살다 보면
가끔씩 잊고 살게 되는 것 같다

나는 그저 날씨가 좋다는 이유 하나만으로도
얼마든지 행복할 수 있는 사람이라는 사실을...

라스트 댄스

낙엽이 떨어진다
떨어지지 않으려

애쓰는 모습은
보이지 않는다

때가 되었다는 듯
바람에 몸을 맡기고

평생 꿈꿔왔던
여행을 떠난다

비록 잡아주는 이 없지만
혼자서 빙글빙글

짧지만 격렬하게
마지막 춤을 춘다

노래하는 시인

자연이 먼저 선창하기에
나도 따라 불러본다

탁한 목소리지만
맑은 하늘에 불러본다

시원한 고음은 안 되지만
시원한 바람에 불러본다

새들만큼 목소리가
예쁘진 않아서

시로 불러본다
시로 노래한다

2부

너에게, 그리고 나에게

시인

자유로운 시인이 되고 싶다
자유로운 시인이 되면

내가 사는 집은
시집이 되고,

내가 걷는 길은
시인의 거리가 되고,

내가 보는 자연은
시의 재료가 되고,

내가 만나는 사람들은
시의 주인공이 될 테니...

존재

열심히 노력했기에
빛나는 것이 아닌

그저 존재 자체로 우리 눈에
밝게 빛나는 밤하늘의 별처럼

별에서 바라보는 우리도
그저 존재 자체로 밝게 빛나고 있기를...

모래주머니

내겐 너무 무겁고
버겁게만 느껴지던 그 짐들을

애써 외면하거나
남들에게 떠넘기려 하지 않고

그저 내가 책임지겠다고
다짐한 순간

그 무거웠던 짐들은
더 이상 내게 짐이 아닌

나를 단련시켜 주는
모래주머니가 되었다

고장 난 시계

시계가 멈춰있다고 해서
시간이 멈춘 것이 아님을,

시간은 계속 가고 있다는
사실을 알고 있듯이

지금 내 자신이
멈춘 것 같아 보일지라도

나 역시 보이지 않는 시간처럼
계속 나아가고 있다는 사실을 기억하자

지우개 달린 연필

'인생'이라는 종이에
'부모'는 볼펜으로 쓰여 있고,
'나'는 연필로 쓰여 있다

무언가 마음에 들지 않을 때
'노력'이라는 지우개로
지울 수 있는 것을 지워라

그리고 마음에 들 때까지 다시 써라
더 이상 지우고 싶지 않을 때,
그때 각인하라

사포

인생을 살아가다 보면
거칠고 까칠한 면으로

나를 긁어대는 사람들을
만나게 된다

그런 사람들은 내게 상처를 입히려
끊임없이 나를 무시하고 깎아내릴 것이다

하지만 그들이 나를
긁어대고 깎아내릴수록

'나'라는 작품이
점차 완성되어 가고 있음을 느낀다

무게

내가 쓰는 시가
가벼워서

많은 사람들 마음에
훨훨 날아가기를...

그렇다고 또
가볍지만은 않아서

날아간 사람들 마음에
꾹꾹 눌러앉기를...

티백

뜨겁고
위험한 곳으로

뛰어들
준비를 마친 후

다이빙

나를 녹여
나를 완성한

만점짜리
다이빙

그네

매일 같은 자리에서
나를 기다려주었던...

시원한 바람을 맞으며
함께 수다를 떨었던...

내가 생각에 잠길 때면
잠시 멈추어 함께 고민해주었던...

오늘따라 더 보고 싶은
나의 옛 친구...

바보가 노을에게

어제 저녁, 네가 걸려있던
그 산에 올라가면

잠깐이나마 너를
만날 수 있지 않을까 하는 생각에

어제 네가 걸려있던
그 산에 올라가 보았다

정상에 올라가 보니
너는 보이지 않았고

저 멀리 건너편 산에
걸려있는 네가 보였다

그래서 내일은
그 산에 올라가 볼 예정이다

애벌레

비록 작은 동기였지만
나는 꿈틀거렸다

비록 하찮아 보였을 수도 있지만
나는 꿈틀거렸다

작은 꿈틀거림조차
귀찮아진다면

나는 결코 나비가
될 수 없을 테니까...

시곗바늘

움직여야 산다는 말,
바로 시계가 그 말을 증거한다

쉬지 않고 움직이느라
날씬해진 초침과,

그나마 조금씩은 움직여서
통통한 분침,

그리고 거의 움직이지 않아서
비만이 되었지만

시치미를 떼고 있는
저 시침이 바로 그 증거이다

고3

부담스러운 나머지
외면했던 관심이

바빴던 나머지
흘려들었던 응원이

나에게만 집중했던 나머지
보지 못했던 배려의 손들이

시간이 지나고 나서야
그리워질 것 같다

재수생

지겹도록 울어대던
매미 소리가 그쳤다

무더운 여름이 가고
드디어 가을이 오고 있다

....
가을이 오고 있다...?!

잠깐만 매미야
가지 말아봐

취업난

도시에 취업을 꿈꾸는
수많은 별들

그러나 야간수당이
짭짤하다는 말을 듣고

별들의 일자리까지 다 뺏어가는
도시의 불빛들

우주의 별들마저 좌절한
도시의 취업난

신체검사

신검을 받았다
1급이 나왔다

기분이 좋으면서
기분이 좋지 않다

투쁠(1++) 등급을 받은
한우가 이런 심정일까?

백지

새하얀 백지에
시커먼 먹물로

'백지'라고
적는다면

과연 그것을
백지라고 할 수 있을까?

어쩌면 '나'라는
백지에도

누군가 '나'라고
적어놓지는 않았을까?

편지

펜으로 쓰지 않고
몸으로 쓰는

손으로 쓰지 않고
눈빛으로 쓰는

머리로 쓰지 않고
마음으로 쓰는

너에게 보내는
'나'라는 편지

안경

너무 가까웠던 나머지
너의 소중함을 알지 못했다

너무 익숙했던 나머지
네가 더러워진 줄도 몰랐다

하아...

늦었지만 이제라도
미안함의 입김을 불어

너를 닦아 낸다

핸드폰

난 오늘도 눈을 뜨자마자
손바닥만한 회사로 출근한다

주말도 없는 이 회사에서
나는 매년 개근상이다

월급도 주지 않는 이 회사를
이제는 그만 때려치고 싶어도

내 두 손이 꼭 붙잡고 있는 탓에
사직서를 쓸 손조차 남지 않았다

한숨

왠지 나만 뱉고 싶은 게
아닐 거 같다는 생각에

올라오는 한숨을
입속에 머금었다

누구 하나 함부로 뱉었다가는
한순간에 쏟아질 한숨들로

내가 서 있는 이 땅이
꺼져버릴 수도 있겠다는 생각에

그냥 삼켰다

고독

혼자 있으면
외롭다

그러나 함께 있으면
외롭지 않다

나는 항상 나와 함께이기에
외롭지 않다

흔들의자

멘탈이 흔들릴 땐
고정된 의자에
앉아있으면

어지럽다

멘탈이 흔들릴 땐
흔들리는 의자에
앉아주어야

편안하다

오늘만큼만

어제보다 더 나은 내가
아니어도

어제만큼의 내가 살고 있는
오늘이길

오늘보다 더 행복한 내일이
아니어도

오늘만큼만 행복한
내일이길

힘들어도 어제만큼만 힘든
오늘이고

울더라도 오늘만큼만 우는
내일이길

걷는다

걷는다는 것은
의미 있는 일이다

우리가 누군가의 첫걸음을 축하해주고,
또 누군가의 마지막 걸음을 애도하듯이,

그사이에 걷는 우리의 수많은 걸음들이
모두 다 의미가 있다

때로는 아무런 생각 없이 걸어도 좋고,
때로는 생각에 잠긴 채로 걸어도 좋다

다만 우리가 자주 걷지 않는다면
우리의 마지막 걸음이

생각보다 빨리 찾아올 수도 있다는
사실을 기억해야 한다

스키장

이 세상 모든 사람들에게
단 한 장씩만 주어진
'인생'이라는 스키장 티켓

굳이 남들보다
빨리 내려가는 데
그 기회를 사용할 필요가 있을까?

그저 앞만 보며
일자로 쌩~
내려가 버리기보단

시야를 넓혀
곡선으로 천천히
구석구석을 누비며 완주하자

윷놀이

인생은 모 아니면 도가 아니다
인생은 도개걸윷모 아니면 백도다

앞으로 나아가거나
뒤로 물러나거나 둘 중 하나다

나아가는 걸음이 크든 작든,
앞으로 나아가기 위해 던지자

누가 쫓아오든 말든,
신경 쓰지 말고 계속 던지자

심지어 백도라도
나에게 도움이 될 때가 있을 것이다

인생이란 윷놀이 판에선
많이 던지는 사람이 승자라는 사실을 기억하자

뒷모습

누군가의 신난 뒷모습과
누군가의 슬픈 뒷모습을 보면 알 수 있다

뒷모습은 거짓말을
하지 않는다는 사실을

가면을 뒤통수에 쓰는
사람은 없으니까...

스승

스승의 은혜는
하늘과도 같지만

나의 스승들은
하늘 같지 않으셨다

그들은 내가
우러러볼 수 없게

자세를 낮춰
나와 눈높이를 맞추어 주셨다

나 역시 다른 누군가의 눈높이를
맞춰줄 수 있는 사람이 되기를 바라시며

몸소 하늘이 아닌 땅이 되어
나와 가장 가까이에서 함께해 주셨다

어버이

이 세상 그 누구보다
나를 바보처럼 사랑해 준 당신을

이 세상 그 누가
바보라고 말할 수 있을까요

자식은 부모의 거울이라는 말이 있듯이
저도 당신을 닮아

당신을 바보처럼 사랑해 보렵니다

아빠 얼굴

아빠 눈가엔
사랑과 이별의 갈림길이

아빠 이마엔
고민과 확신의 갈림길이

아빠 입가엔
원망과 감사의 갈림길이

아빠 손엔
길고도 험난했던 고생길이

아빠 미소엔
차마 주름이라는 두 글자 안에

다 담을 수 없는 인생길이
깊고도 아름답게 펼쳐져 있다

우리 집 사람들

셀 수 없이 많은
우주의 행성들

그럼에도
별 하나가

굉장히 소중해진
도시의 밤하늘

셀 수 없이 많은
지구의 사람들

그럼에도
나 하나가

굉장히 소중한
우리 집 사람들

바위

나 그대에게
바위 같은 사람이고 싶었다

나 그대에게
쉽게 상처받지도

쉽게 흔들리지도
않는 사람이고 싶었다

난 아직도 여전히 그대에게
바위 같은 사람이고 싶다

그러나 나 이제는
그대가 쉽게 앉아서

쉬어갈 수 있는
의자이고 싶다

짝사랑

밤마다 눈을 감고
만나러 가는 사람

만나도 만나도
닿을 수 없는 사람

나 혼자만 추억을
쌓게 만드는 사람

짝이 없는 사람이 하는
짝이 없는 사랑

종이비행기

내 마음 고이 접어
너에게 날려 보내는 날

하필 그날에만
자꾸 비가 내린다

비를 뚫고 가기엔
너무나 연약한 내 마음

추락하는 종이비행기가
조금씩 녹아내린다

혹시나 네가
기우제를 지내는 건 아닐까

이제는 종이 대신
마음을 접는다

심해

너무나 깊은
감정의 바다에 빠졌다

걱정의 파도가 나를 덮치고
불안의 소용돌이가 나를 빨아들였다

나는 휩쓸리지 않으려
열심히 허우적댔다

그러다 하루는 도저히
발버둥 칠 힘이 없어

가만히 가라앉아 보았다
그렇게 한없이 가라앉던 나는

바다 깊은 곳에서
홀로 떨고 있는 나를 만났다

지하철 출입문

오늘도 자리가 없어
서서 가는 내 모습을

굳이 비춰주는
까만 거울

오늘도 여지없이
빠르게 흘러가는 세상을

굳이 보여주는
투명한 유리

거울에 비친 내 표정이 좋지 않아서,
빠르게 흘러가는 세상이 야속해서,

그걸 또 보여주는 네가 얄미워서
나는 오늘도 눈을 감는다

오늘도

오늘도
나를 깨우기 위해 떠오른 태양과

오늘도
나에게 웃으라며 장난치는 바람

오늘도
나에게 인사해 주는 참새와

오늘도
나에게 무뚝뚝한 가로수

오늘도
수고했다며 나를 맞아주는 가족들과

오늘도
따뜻한 나의 집은

오늘도
그리고 내일도

나를 살아가게 한다

하이파이브

시원한 밤길을 달리는
차 안에서 창문을 내려본다

버튼 하나 눌렀을 뿐인데
가슴이 뻥 뚫리는 기분이다

머릿속까지 시원해지는
박하맛 바람에게 손을 내밀어

하이파이브를 요청해 본다
언제 쳐줄지는 잘 모르겠다...

달

달이 드리워진 밤
네가 그리워지면

작은 별들이 보여
너를 잊을 수 없어

별은 달이 깨지며 생긴
그리움의 파편이라

너의 빛나던 모습
한 조각 한 조각이

내 마음 속에
빛의 속도로 박혀

널 닮은 달을 만들고
난 너라는 그리움에 사무쳐...

해와 달

자주 만나진 못하지만
내겐 하나뿐인 친구

어쩌다 한 번씩 만나도 그저 멀리서
바라볼 수밖에 없는 그런 친구

너무 멀어서 어깨동무
한 번 못 해본 그런 친구

그럼에도 마음 편히 내 등 뒤를
맡길 수 있는 그런 친구

서로가 서로에게
주연도, 조연도 아닌

그저 두 명의 주인공으로서
함께 존재할 수 있는 그런 친구

우리가 하루에 한 번씩 서로에게 하는 말
"자, 이제 네가 빛날 차례야 친구"

회상

떠올린다
후회 가득한

너와의
지난 날을...

위로한다
네 덕분에

많이 힘들었을
지난 나를...

보고 싶다

내가 가지 않으면
볼 수 없는 사람

내가 가야만
볼 수 있는 사람

내가 와주길
기다리고 있는 사람

그런 사람이
보고 싶다

사랑

같이 있으면
나도 모르게 웃고 있는

같이 없으면
나도 모르게 생각하고 있는

생각하다 보면
나도 모르게 웃고 있는

그런 사람이 생겼다

평생 빠져나오고 싶지 않은
웃음의 굴레에 빠졌다

웃는 얼굴

잠시 하루살이 되어
머물렀던 땅, 캄보디아

나는 그 땅에서
웃는 얼굴밖에는 보지 못했다

그들이 원래 웃으며 사는지
아니면 내게 웃어준 것인지

나는 알 수 없지만
아무래도 좋다

잠깐이나마 웃는 얼굴로
웃는 얼굴들 속에 파묻힐 수 있어 행복했다

여행 후유증

너무 좋아서
너무 행복해서
받는 벌

적당히 행복해야
적당히 슬픈 법이라고
알려주는 벌

그럼에도 나는 굴하지 않고
더 달콤한 행복을 찾아 떠나려 하는
작은 벌

오열

휴지로
눈을 막고

코를 막고
입을 막아 봐도

흐느끼는 가슴을
막을 수는 없었다

내 눈 코 입은
가슴이라는 눈물의 바다로 흘러가는
작은 강줄기에 불과했다

작은 것들

이 넓고 광활한
세상을 살아가기엔
너무나 작은 것들

바위는 돌이 되고
돌은 모래가 되고
모래는 먼지가 되어 날아간다

먼지가 되어 날아가는 우리들은
세상이 큰 것인지
자신이 작은 것인지 알지도 못한 채

누구는 너무 큰 세상을 탓하고
누구는 너무 작은 자신을 탓하며
자기 귀에만 들리는 불평들을
쏟아내며 살아갈 뿐이다

먼지끼리 뭉쳐봤자
그저 먼지 덩어리에 불과하다는
비참한 생각에

각자 자신이 조금이라도
더 돋보일 수 있는
작은 세상을 찾아
뿔뿔이 흩어진다

대기실

하루에도 몇 편씩
끄적이는 시들 중에
기억 너머로 사라져 버린 시들...

그 시들에게
미안해서 끄적여본다...

지금 무대에서 환하게
빛나고 있는 시들을 위해

잠시 대기실에서
기다려주고 있는 시들에게
고마워서 끄적여본다...

출구

나의 눈물이
흘러가는 길

나의 감정이
도망치는 통로

나의 사랑이
숨을 쉬는 구멍

잠깐의 평안이
스치는 곳

시

독자분들께

    우선 저의 첫 시집 『스무 살의 시선』을 읽어주신 독자분들께 진심으로 감사를 전합니다.

    첫 도전이라 미숙한 부분이 많았지만 독자분들의 응원과 관심, 그리고 출판사의 적극적인 지원과 도움으로 시집 출간이라는 꿈을 이룰 수 있었던 것 같습니다.

    정말 아무것도 모르고 쓰기 시작한 시가 이제는 저의 정체성이 되어 가고 있습니다. 매일 시를 쓰고 올리겠다고 홀로 다짐한 뒤, 큰 기대 없이 시를 연재하기 시작했던 SNS에서 처음으로 제 시를 읽어 주시는 분들이 생겼을 때, 그 감정을 저는 아직도 잊지 못합니다. 배워 본 적이 없어 모자란 시를 순수하다 말씀해 주시고, 방법을 몰라 투박하게 쓴 시를 담백하다 말씀해 주신 독자분들 덕분에 자신감을 얻어 지금까지 시를 쓸 수 있었던 것 같습니다.

사실 저는 제가 쓴 시가 좋아서 시를 연재했던 것은 아니었습니다. 6년 동안 했던 야구를 그만두고 마주한 막막한 현실 앞에 뭐라도 해봐야겠다는 생각이었죠. 하지만 그렇게 무작정 매일 시를 올리다 보니 저보다 제 시를 더 좋아해 주시는 분들을 만나게 되었습니다. 그 제야 저는 비로소 제가 쓴 시를 사랑하게 되었던 것 같습니다.

저를 시인으로 만들어 준 것은 다름 아닌 독자분들이라고 생각합니다. 내가 쓴 시를 매일 봐 주는 독자가 있다는 사실이 이렇게나 행복할 줄은 몰랐습니다. 그렇기에 저는 더욱 독자들과 함께하는 시인이 되고 싶어졌습니다. 또한 앞으로 더 많은 경험과 배움을 통해 더욱 풍성한 시를 쓰는 시인이 되고 싶습니다.

이렇게 시간과 공간의 제약 없이 세대를 뛰어넘어 시를 나눌 수 있는 시대에 살고 있다는 사실에 너무나 감사한 마음입니다. 바람이 있다면 저를 통해 많은 분들이 시의 매력을 느끼고, 시를 좋아하게 될 수 있다면 저는 정말 행복할 것 같습니다.

부족하지만 솔직하게 담아 본 100편의 시 중에서 단한 편의 시가 여러분의 마음에 닿아 오래 기억될 수 있기를 소망해 봅니다. 제 첫 번째 시집『스무 살의 시선』에서 제 안에 아직 남아있는 작은 순수함을 느끼실 수 있으셨기를 바라며, 앞으로 더 많은 분들이 시를 사랑해 주셨으면 하는 마음을 전합니다.

마지막으로 제 시를 봐 주시는 모든 독자님들, 항상 감사하고 사랑합니다!

스무 살의 시선

2024. 12. 11. 초 판 1쇄 인쇄
2024. 12. 18. 초 판 1쇄 발행

지은이 | 이재성
펴낸이 | 이종춘
펴낸곳 | **BM** ㈜도서출판 **성안당**

주소 | 04032 서울시 마포구 양화로 127 첨단빌딩 3층(출판기획 R&D 센터)
| 10881 경기도 파주시 문발로 112 파주 출판 문화도시(제작 및 물류)

전화 | 02) 3142-0036
| 031) 950-6300

팩스 | 031) 955-0510
등록 | 1973. 2. 1. 제406-2005-000046호
출판사 홈페이지 | www.cyber.co.kr
ISBN | 978-89-315-8351-9 (03810)
정가 | 12,000원

이 책을 만든 사람들
책임 | 최옥현
진행 | 김지민
교정·교열 | 김지민
본문 디자인 | 이지연
표지 디자인 | 박원석
홍보 | 김계향, 임진성, 김주승, 최정민
국제부 | 이선민, 조혜란
마케팅 | 구본철, 차정욱, 오영일, 나진호, 강호묵
마케팅 지원 | 장상범
제작 | 김유석

■ **도서 A/S 안내**

성안당에서 발행하는 모든 도서는 저자와 출판사, 그리고 독자가 함께 만들어 나갑니다.
좋은 책을 펴내기 위해 많은 노력을 기울이고 있습니다. 혹시라도 내용상의 오류나 오탈자 등이 발견되면 **"좋은 책은 나라의 보배"**로서 우리 모두가 함께 만들어 간다는 마음으로 연락주시기 바랍니다. 수정 보완하여 더 나은 책이 되도록 최선을 다하겠습니다.
성안당은 늘 독자 여러분들의 소중한 의견을 기다리고 있습니다. 좋은 의견을 보내주시는 분께는 성안당 쇼핑몰의 포인트(3,000포인트)를 적립해 드립니다.
잘못 만들어진 책이나 부록 등이 파손된 경우에는 교환해 드립니다.